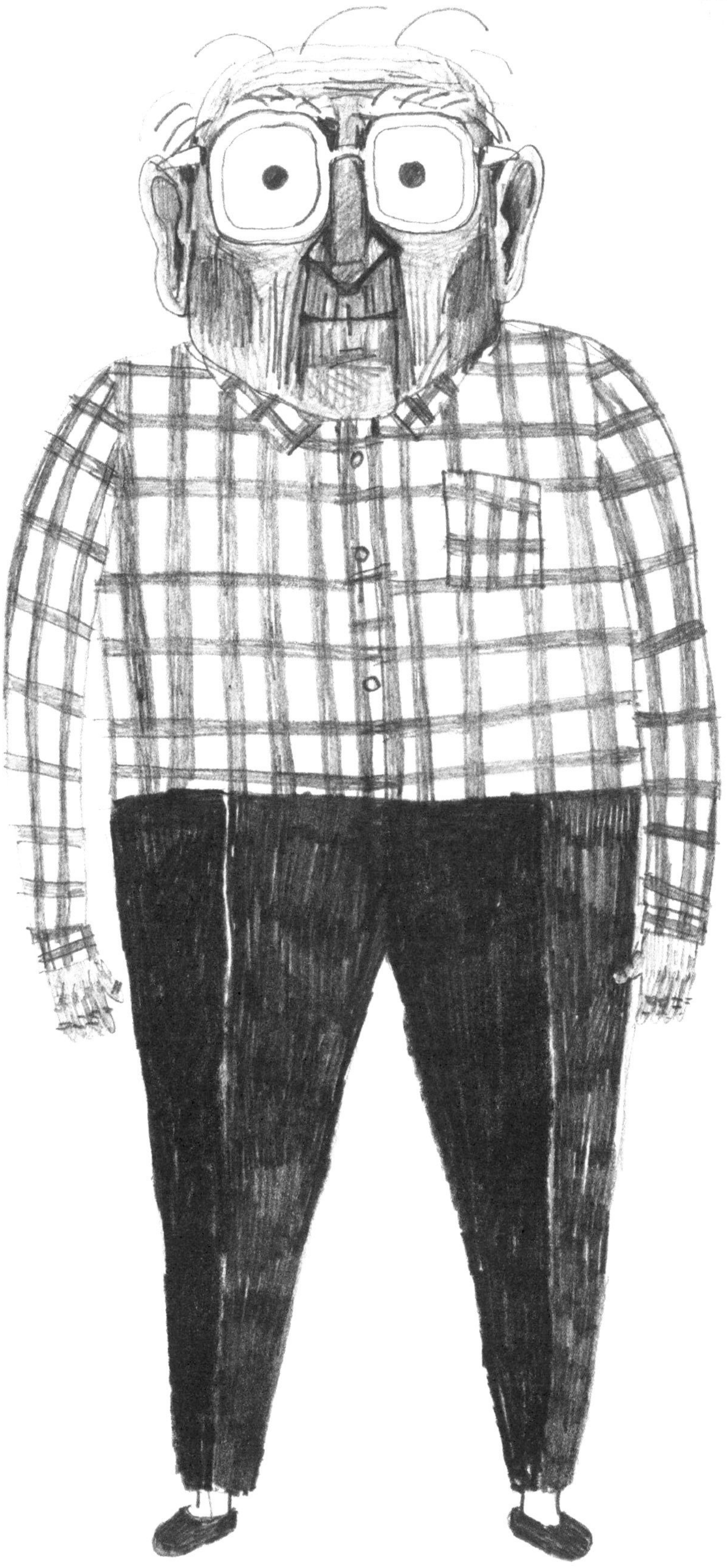

청귤 01

해골인데
은퇴해도 되겠습니까?

2024년 11월 18일 초판 1쇄

글 트리누 란 | **그림** 마르야-리사 플라츠 | **옮김** 서진석
편집 김지선, 유순원 | **디자인** 이항령, 양태종 | **마케팅** 이상현, 신유정
펴낸이 이순영 | **펴낸곳** 북극곰 | **출판등록** 2009년 6월 25일 (제 300-2009-73호)
주소 서울시 마포구 독막로 320 B106호 | **전화** 02-359-5220 | **팩스** 02-359-5221
이메일 bookgoodcome@gmail.com | **홈페이지** www.bookgoodcome.com
ISBN 979-11-6588-404-8 07800 | 979-11-6588-403-1 (세트)

Luukere Juhani juhtumised
Text by Triinu Laan
Illustrated by Marja-Liisa Plats

ⓒ Paike ja Pilv, 2020
Korean translation rights arranged through Danny Hong Agency on behalf of
S.B.Rights Agency- Stephanie Barrouillet.
All rights reserved.
Korean edition ⓒ bookgoodcome, 2024

이 책은 대니홍 에이전시를 통한 저작권자와의 독점계약으로 북극곰에서 출간되었습니다.
저작권법에 의해 한국 내에서 보호를 받는 저작물이므로 무단전재와 복제를 금합니다.

제품명 : 도서 | 제조자명 : 북극곰 | 제조국명 : 대한민국 | 사용연령 : 8세 이상
주의! 책 모서리가 날카로우니, 던지거나 떨어뜨려 다치지 않도록 주의하세요.
잘못된 책은 구입한 곳에서 바꾸어 드립니다.

This Book is supported by The Cultural Endowment of Estonia.
이 책은 에스토니아 문학 해외지원사업의 지원을 받아 제작되었습니다.

해골인데 은퇴해도 되겠습니까?

트리누 란 글 | 마르야-리사 플라츠 그림 | 서진석 옮김

해골 요한,
해부학 교실을 떠나다

요한은 해골 모형이에요. 할아버지와 할머니네 집 바깥 부엌에 살고 있지요. 할아버지 할머니 집은 숲 한가운데 오래되고 인적이 드문 동네에 있어요. 전에 요한은 커다란 학교 교실 구석에 서서 아이들의 해부학 수업을 도와주곤 했지요. 그때는 아직 이름이 없었답니다.

할아버지와 할머니는 평생을 숲속 마을에서만 살았어요. 거기서 자식들을 키워 냈고, 또 지금은 손주들이 잘 자라도록 돌보고 있어요. 아이들이 잘 자라려면 다른 사람들의 손길이 꼭 필요하거든요.

이름이 없던 시절의 요한은 언젠가부터 학교에서 사는 게 지겨워졌어요. 나이도 들었고, 여기저기 부서지기도 했고, 학교에서 해골 모형으로 일하는 게 싫어졌거든요. 요한의 가장 큰 소원은 은퇴하는 것이었지요. 선생님은 요한이 몹시 안쓰러웠어요. 선생님은 할아버지에게 전화를 걸어서 혹시 해골 모형이 필요하지 않은지 물어봤어요.

"암, 당연히 필요하고말고."

할아버지는 오래된 자동차를 좀 고친 뒤에 요한을 데리러 시내로 나갔어요.

자동차를 타다

요한이 누군가의 자동차에 오른 것은 이번이 처음이었어요. 이전에도 한 번 차를 탄 적이 있긴 하지만, 그땐 커다란 종이 상자에 담겨 화물차 뒷칸에 실려 갔었어요. 할아버지는 조심스럽게 요한을 들어 자동차 앞자리에 태우더니 안전띠까지 매 주었어요.

"자, 이제 같이 우리 집에 가는 거여."

할아버지가 요한에게 말했어요.

"이번에는 집까지 단번에 갈 수 있을겨."

자동차 시동이 한 번에 걸리다니! 할아버지는 차가 아직 쓸 만한 것 같아서 참 대견했어요. 자동차는 큰 가게 앞에 잠시 멈춰 섰어요. 시내에 가면 할머니에게 훈제 돼지 다리와 스카프를 새로 사다 주겠다고 약속했거든요. 요한은 그곳에 멈춰 서 있는 게 싫었어요. 혼자 우두커니 앉아 있는데, 사람들이 자동차 유리창 안을 두려운 듯 쳐다보았기 때문에 기분이 안 좋았어요. 아무렇지도 않은 표정을 짓고 있었지만, 할아버지가 금세 차로 돌아오시니 속으로는 정말 다행이다 싶었지요.

이름이 생기다

　할아버지가 자동차에서 요한을 데리고 내리자 할머니는 깜짝 놀란 듯 손바닥을 마주쳤어요. 뼈만 남은 손가락에 새로 산 스카프를 예쁘게 걸친 요한을 보고, 할머니는 잠시 말이 없었어요. 할머니는 스카프를 머리에 두르고, 할아버지와 함께 요한을 부축해 바깥 부엌 탁자에 앉혔어요.
　할아버지는 철사를 가지고 반나절 동안이나 요한을 고쳤어요. 요한의 몸에서 떨어져 나온 조각들을 학교에서 챙겨 왔기 때문에 별로 힘들이지 않고 고칠 수 있었어요. 왼손 손가락에는 뼈 대신에 나무 막대를 꽂았어요. 오른손 크기를 잰 다음에 나무를 깎아 똑같은 크기의 관절을 만들어서 끼워 넣었지요.

할머니는 할아버지가 쓰던 오래된 모자를 가지고 와서 요한의 머리에 씌워 주었어요. 할아버지는 장롱 속에서 양복 상의를 꺼내 왔어요. 장롱에서 오랜 시간을 보낸 양복에 곰팡이가 슬기 시작했지요. 양복 앞섶에는 헌혈을 많이 해서, 또 트랙터 몰기 대회에 나가서 받은 1등 메달이 주렁주렁 달려 있었어요.

"이것들 어디 가져가서 보여 줄 데도 없고……. 그냥 네가 가지렴."

할아버지가 요한에게 말했어요.

할머니와 할아버지는 부엌 식탁에 마주 앉은 요한을 빤히 쳐다보았어요.

"이 친구 이름을 뭐라고 불러야 할까나?"

할아버지가 물었어요.

"요한이 어떨랑가요?"

할머니가 말했어요. 할아버지도 요한도 그 이름이 마음에 꼭 들었어요.

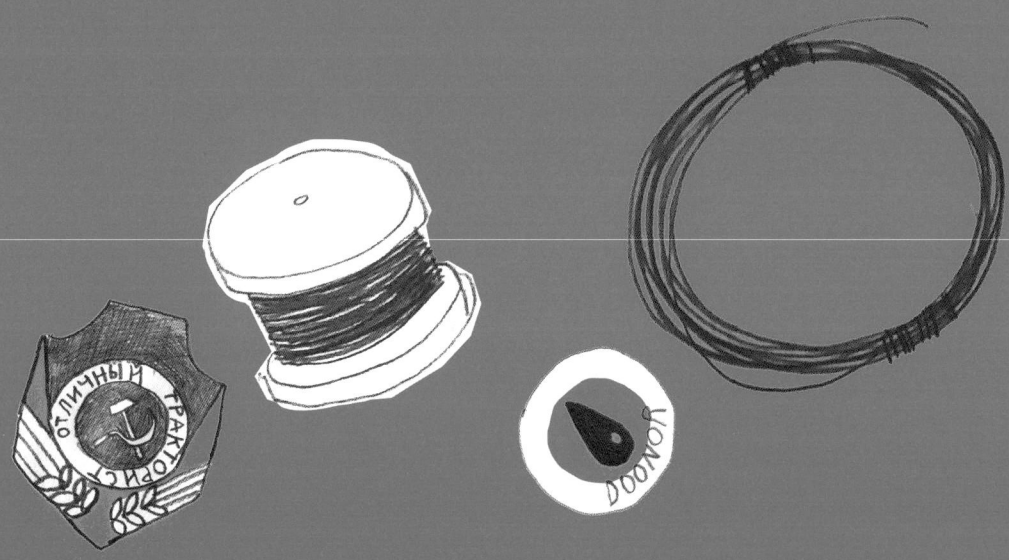

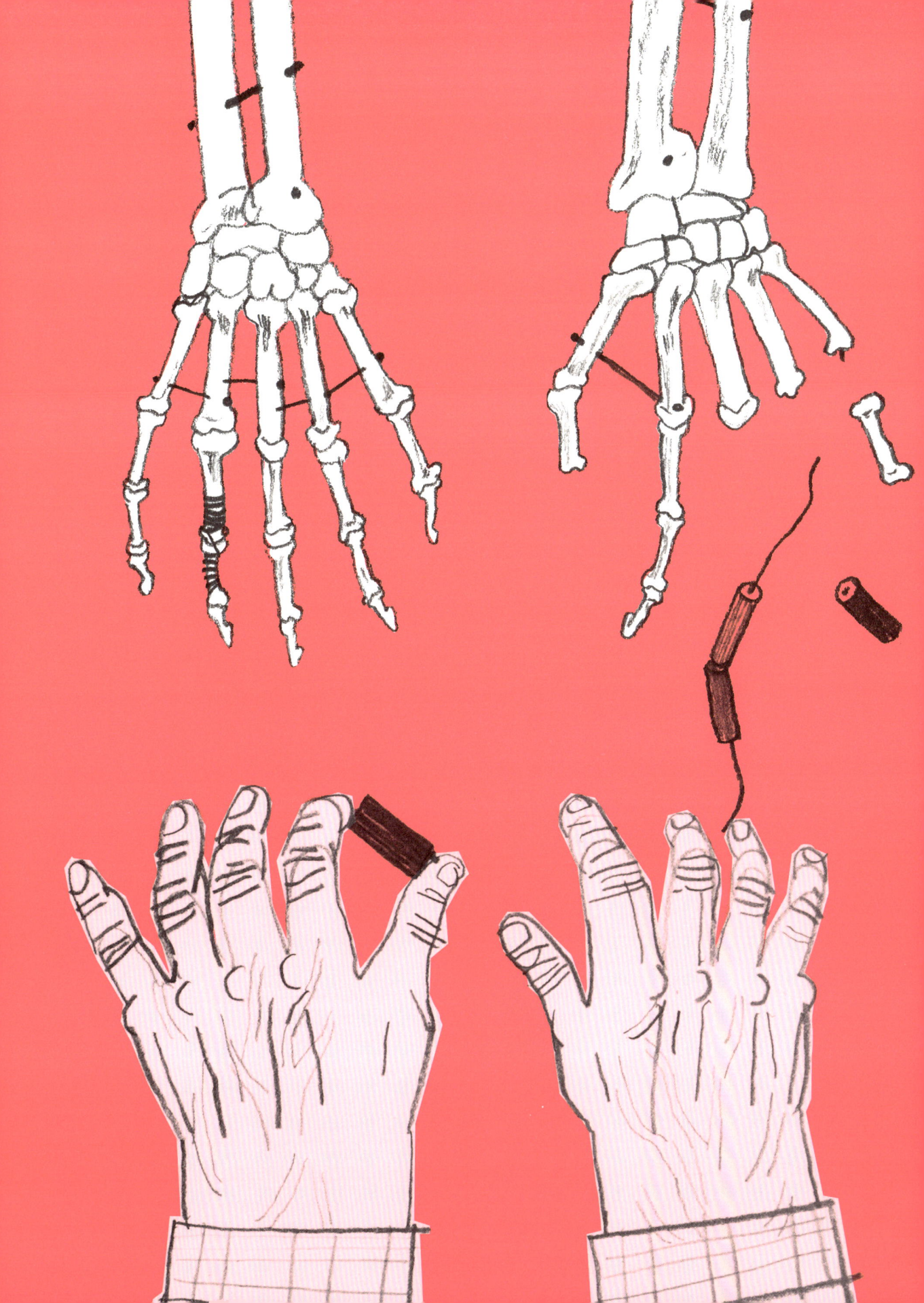

집안 식구들을 만나다

할아버지는 집안 식구들에게 새로 온 친구를 소개해 주었어요.

"할멈은 이미 알 것이고." 할아버지가 말했어요.

"여기 암탉이랑 수탉도 일 안 하고 논 지가 꽤 되었단다."

큰 농장에서 거의 공짜로 팔려 온 닭들은 예전에 너무 고생한 나머지 털이 많이 빠졌지만, 그나마 남은 깃털을 있는 대로 모아서 뽐을 냈어요. 수탉은 아침이 아닌데도 난데없이 꼬꼬댁 울어 젖혔지요.

"우리 집 개여."

할아버지가 검고 커다란 개를 가리키며 말했어요. 개는 우아한 몸을 꼿꼿이 펴고 꼬리를 흔들었어요. 귀 하나는 접혀 있는데 다른 한쪽은 곧게 서 있었어요. 개는 친근하게 굴면서 덜렁거리는 귀를 반듯이 세우려고 애썼지만, 요한은 그럴 필요 없다며 눈짓을 했어요. 다른 한쪽은 똑바로 달려 있는데 무슨 문제냐는 거예요.

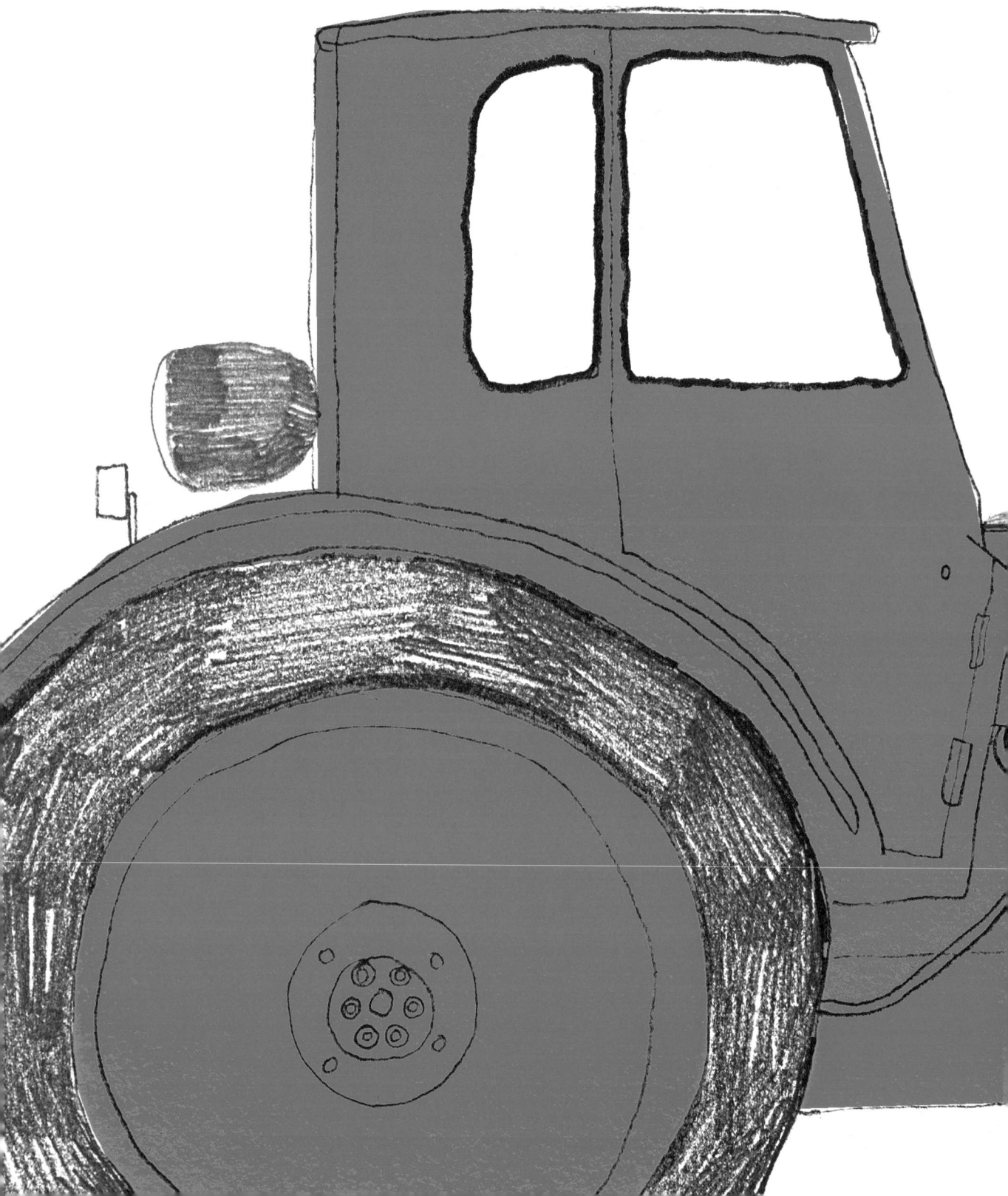

"이놈은 고양이여. 꼭 살쾡이처럼 보이는디 하는 짓을 보면 꼭 지가 아무르 호랑이인 줄 알지."

할아버지가 다른 동물을 가리키며 말했어요. 살쾡이처럼 도도하게 앉아 있는 커다란 고양이는 한쪽 수염을 느릿느릿 매만지며 인사했어요.

"혹시 숲에서 헤매면 저 고양이한테 물어봐. 나오는 길을 알려 줄 거여."

할아버지는 고양이가 거만하게 굴어서 좀 못마땅했지만, 그래도 요한이 옆에 있으니 뭐라도 좋은 말을 해 주고 싶었어요.

고양이와 요한은 얼마 지나지 않아 가장 좋은 친구가 되었어요. 고양이는 요한의 품에 안겨 그르렁거리기를 좋아했거든요. 요한은 고양이를 품에 안아 줄 시간이 많았어요. 고양이는 갸릉갸릉 하면서 여우들과의 전투에서 대승을 거둔 이야기며, 쥐 떼가 몰려왔지만 한 마리도 남김없이 물리친 이야기 등 숲에서 벌어진 모험에 대해 들려주었지요.

요한과 바깥 부엌

　　할머니는 요한이 가끔씩 방에 들어오게 해 주었지만, 일을 그만둔 해 골 인간은 무릎도 꿈적 않고 밖에서만 보내려고 했어요. 밤이 되면 할아버지는 요한을 들어서 부엌 안에 가져다 놓았어요. 아침이 되면 할아버지는 하루도 빼먹지 않고 요한을 마당으로 데리고 나가 사람들이 일하는 모습을 보여 주었지요.
　　한번은 맞은편 숲에 사는 이웃집 여자가 할아버지 집을 지나갔어요. 그때 할아버지는 목재 창고 옆 그루터기에 요한을 데려다 앉혀 놓았지요. 그 모습을 처음 본 이웃집 여자는 소스라치게 놀라고 말았어요.

할머니는 그 해골바가지가 할아버지 혼자서 가지고 노는 물건일 뿐, 자기는 아무 상관이 없다는 듯한 표정을 지었어요.

이웃집 여자가 나가자마자 할머니는 요한에게 너무 쌀쌀맞게 굴어서 미안하다고 사과했어요. 사실 할머니는 이웃 사람들이 할아버지 정신이 나갔다고 할까 봐 겁이 났던 거예요. 그러면 이상한 사람들이 집에 와서 할아버지 할머니가 남들 도움을 받지 않아도 정상적으로 생활할 수 있는지 검사하려고 들 거예요. 할아버지도 요한도 남들한테 검사받는 건 달갑지 않았어요. 남 신경 쓰지 않고 그냥 조용히 자기 삶을 살게 해 주면 좋겠어요.

여름철에는 요한을 굳이 마당으로 내보내지 않아도 돼요. 할머니도 일찍부터 바깥 부엌에서 일을 시작하거든요. 할머니와 할아버지는 여름이면 밖에 놓인 식탁에서 밥 먹는 걸 좋아했어요. 할머니는 어떻게 해야 요한이 바깥 부엌에서 더 즐겁게 시간을 보낼까 고민했어요.

얼마 지나지 않아 요한에게 안락의자가 생겼어요. 의자 앞에는 레이스 천을 덮은 식탁을 놓아 주었어요. 식탁 다리는 둥그스름하고 조각 장식도 있었어요. 겨울이면 요한이 따뜻하고 포근하게 지내도록 양털로 짠 체크무늬 천을 안락의자 위에 덮어 주곤 했지요. 날씨가 너무 추워지면 요한의 다리 끝에 따뜻한 겨울 신발을 신겨 주었고요.

나쁜 사람들로부터
마을을 구하다

"만물상 트럭이 그러는데 나쁜 놈들이 마을에 얼쩡거린다는구려. 큰 차를 타고 와서 말이유. 낮에는 뭘 훔쳐 갈지 가만히 지켜보다가 밤이 되면 도둑질을 해 간다는 거예유, 글쎄."

물방울이 떨어지는 우비를 털며 들어온 할머니가 가방에서 사탕, 훈제 닭 다리, 빵을 하나씩 손으로 끄집어내면서 말했어요.

어느 날 정말로 수염이 덥수룩한 남자 두 명이 마당에 서 있었어요. 큰 밴을 타고 왔어요. 주변을 둘러보다가 할아버지가 나오니 친한 척하며 미소를 지었어요.

"여기는 낯선 사람들이 거의 오지 않는 곳인디……."

할아버지가 말했어요.

"이전에도 우리 마을에 낯선 사람이 찾아온 적이 있었어. 그런데 아직도 종적이 묘연하다지."

할아버지는 그렇게 말하고 마침 요한이 햇볕을 쬐고 있는 부엌 안을 찬찬히 들여다보았어요.

요한은 최대한 무서워 보이는 표정을 지었어요. 갑자기 힘을 주자 턱이 움찔움찔 흔들리더니 밑으로 툭 떨어져 버렸어요. 낯선 사람들은 겁이 났어요. 마치 미리 짜기라도 한 듯 마당에 놓인 라디오에서는 공포 영화 음악이 흘러나왔어요. 남자들은 젖 먹던 힘까지 내서 차를 향해 뛰어갔어요. 얼굴이 시퍼렇게 질린 채 차에 올라타자마자 뒤도 돌아보지 않고 도망갔어요. 도둑들은 그렇게 동네에서 자취를 감추고, 마을에 더는 얼씬거리지 않았어요.

　　떨어진 턱은 할아버지가 다시 달아 주면 돼요. 턱 안에서 이빨 몇 개가 달그락거렸어요. 그 모습을 본 할아버지는 손주들이 갖고 놀던 도구통을 가져오더니 하얀색 나일론 실을 꺼내어 고쳐 주었어요.

할아버지를 위로하다

할아버지는 왠지 모르겠지만 신기하게도 머리카락과 엉덩이 신경이 연결되어 있었어요. 누군가 머리카락에 가위를 갖다 댈라치면 할아버지는 금세 엉덩이가 가려워지고 얼른 일어나 뛰쳐나가고 싶어지거든요. 그래서 할아버지는 이발소에 되도록 안 가려고 했어요.

어느 날 할아버지는 동네 이발사한테 이상한 소리를 들었어요.

"할멈, 이발사가 그러는데 나더러 세 시간 동안 먹지도 마시지도 말라는겨."

할아버지는 집에 들어오자마자 할머니 앞에서 중얼거렸어요.

"영감, 그건 치과 의사가 해 준 말이잖유."

할머니가 치과에 같이 가서 들었다고 말했어요.

할아버지는 할머니 앞에서 망신을 당해서 창피했어요. 할머니가 꼬치꼬치 더 물어볼까 봐 요한 곁으로 갔지요. 요한은 할아버지를 위로하며 사람들은 누구나 이발소에 가는 걸 무지 귀찮아한다고 말했어요. 그래도 곰곰 생각해 보니 이발소에 가는 게 치과에 가는 것보다는 덜 무서울 것 같았어요.

할머니를 다독이다

　　봄이 되면 할아버지와 할머니는 맨날 똑같은 일을 두고 다투었어요. 할머니는 할아버지가 사과나무 가지를 자르는 게 마음에 들지 않았어요. 할머니 생각에는 사과나무들이 하늘을 받쳐서 땅으로 꺼지지 않게 해 주기 때문에 나무를 건드려서는 안 된대요. 할아버지는 인내심을 가지고 할머니에게 해마다 조금씩 잘라 주는 게 사과나무에 더 좋다고 설명해 주었어요. 그런데 할머니는 할아버지가 이발소 의자에 앉을 때처럼 똑같이 불안하고 걱정스러웠어요.

　　다툼의 결과는 항상 같았어요. 할아버지는 아주 조금만 자르겠다고 약속하고, 할머니는 할아버지가 정말 약속대로 하는지 옆에서 지켜보는 거지요. 할머니는 늘 그렇듯 잘라서 떨어진 가지들을 모두 모아 장작불에 넣었어요. 집에 요한이 있으니 이전에는 하지 않았던 일이 생겼어요. 할아버지는 요한을 불 근처에 데려다 앉혔지요. 큰 바위 위에 앉은 요한은 혼자 투덜대는 할머니를 도와줄 방법이 없을까 궁리해 봤어요. 그런 요한의 마음을 느낀 할머니는 나뭇가지를 한 아름 요한에게 안겨 주고 그 옆에 앉았어요. 둘은 나란히 앉아 모닥불을 바라보았지요. 할머니는 요한이 안고 있는 가지를 하나씩 불에 던져 넣었어요. 이제 할머니는 투덜거리고 싶은 마음이 사라졌어요.

해골 요한과
순무 이야기

할아버지 할머니 댁에 손주들이 놀러 왔어요. 남자아이는 더 크고, 여자아이는 조금 작아요. 요한은 아이들이 와서 좋았어요. 아이들 덕분에 저녁 늦게까지 더 오래 앉아 있고, 잠자기 전에 이야기도 들을 수 있었거든요.

할아버지는 똑같은 이야기라도 늘 다른 사람들과는 전혀 다르게 들려주었지요. 이 말 저 말 끼워 맞추어서 완전히 새로운 이야기를 지어내거든요. 늙은이, 소, 돼지, 개, 고양이, 코끼리, 하마, 기린, 사향쥐, 앵무새, 도마뱀, 카피바라(설치류 중에 몸집이 가장 큰 동물), 쥐, 요한 등 온갖 등장인물이 나와서 함께 순무를 뽑아요. 하지만 이야기는 언제나 요한이 가장 큰 공을 세우는 것으로 끝나지요.

이야기가 끝나자 아이들이 물어봤어요.

"몇 가지 궁금한 게 있는데요. 기린이 하마를 어떻게 붙잡았어요? 왜 처음부터 요한한테 도와 달라고 하지 않았어요?"

요한은 온몸이 달그락거리는 자기를 영웅으로 만들어 줘서 몸둘 바를 몰라 하면서도 바깥 부엌에 앉아 환한 미소를 지었어요.

목욕을 하다

아이들은 저녁마다 욕조에서 잘 씻고 자야 해요. 침대에 모래를 묻히지 않고, 더러운 손과 얼굴로 침대보를 더럽히지 않도록 말이에요. 언젠가 한번 모래가 침대에 묻었던 날은 얼마나 혼났는지 몰라요. 특히 할머니는 모래 알갱이 조금 묻은 걸 가지고 모래 양동이를 들이부은 것처럼 역정을 냈지요.

할아버지 할머니는 욕조에서 손주들을 씻겼어요. 한번은 손주들이 하도 조르는 바람에 요한도 같이 들어가라고 했어요. 요한은 난생처음으로 욕조에서 목욕해 보았지요.

요한은 여자아이가 가져온 고무 오리랑 남자아이가 가지고 노는 작은 배가 마음에 들었어요. 아이들은 요한의 뼈가 빛이 나도록 타월로 여기저기 잘 닦아 줬어요. 여자아이가 요한에게 수경을 씌워 주고 남자아이가 물에서 나와 스파이더맨 그림이 있는 가운을 가져와 입혀 주었어요. 요한은 자기가 가장 행복한 해골인 것 같았어요.

할머니도 특별히 그날 저녁에는 요한이 방에 같이 있어도 좋다고 허락하셨어요. 목욕한 후 찬바람을 쐬면 감기에 걸리기 쉽기 때문이지요.

아이들에게 용기를 주다

아이들은 가끔씩 밤을 무서워하기 마련이에요. 그런 날은 잠을 제대로 못 자지요. 왜냐하면 도깨비, 귀신, 괴물 같은 무서운 것들이 창문 너머로 아이들이 꾸는 꿈을 몰래 훔쳐볼 수 있거든요. 어딘가 갈라진 틈을 통해 이 무서운 것들이 스물스물 침대 밑으로 숨어들지도 모른다고 생각하면 더 겁이 났어요. 아이들도 꿈나라에 가려면 눈을 감아야 한다는 사실을 잘 알지만, 그럴 용기가 나지 않았거든요. 할아버지는 웃으면서 아이들에게 도깨비나 귀신은 코딱지를 파서 나오는 괴물들이라고 말해 주었어요. 넓은 세상에 나와서 새로운 주인을 찾고 있는 괴물들이라고요. 사실은 아주 상냥하고 사람들과 잘 어울려서 두려워할 필요가 없다고 했지요.

그래도 아이들은 겁이 났어요. 여자아이가 특히 더 그랬지요. 그 아이는 고무로 만든 장밋빛 망아지를 꼭 끌어안았어요. 그러면 용기가 나거든요. 어쩌면 자기를 수호해 주는 망아지를 아예 침대 밑에 놓아두는 것이 더 좋을지도 몰라요. 장밋빛 망아지가 침대 밑에서 계속 지켜 준다면 코딱지 괴물은 감히 여기 올 엄두도 못 낼 거예요.

남자아이는 할아버지 말을 금세 다 까먹고 코에서 다른 코딱지 괴물을 내보냈어요. 그러니까 더 무서워졌어요. 괴물은 어딘가 근처에 있을 거예요. 그래서 그날 밤 침대 밑에서 계속 얼쩡거릴 거예요.

남자아이는 할머니에게 그날 밤만 요한을 데려와도 되냐고 물었어요.

"요한이 좋다고 하면 그러렴……."

할머니와 할아버지는 같이 고개를 끄덕였어요. 요한도 마찬가지였어요. 그날 밤 요한은 남자아이 침대 밑에서, 장밋빛 망아지는 여자아이 침대 밑에서 편안히 잘 수 있었어요.

아침이 되니 아이들은 언제 겁을 냈냐는 듯이 금방 다 잊어버렸고, 또 날이 바뀌니 수호 망아지와 수호 해골을 침대 밑에 둘 필요가 없어졌어요. 그날 밤 망아지는 다시 여자아이의 품에 안기고, 요한은 늘 그랬듯이 할아버지가 좋아하는 바깥 부엌의 안락의자로 돌아갔어요.

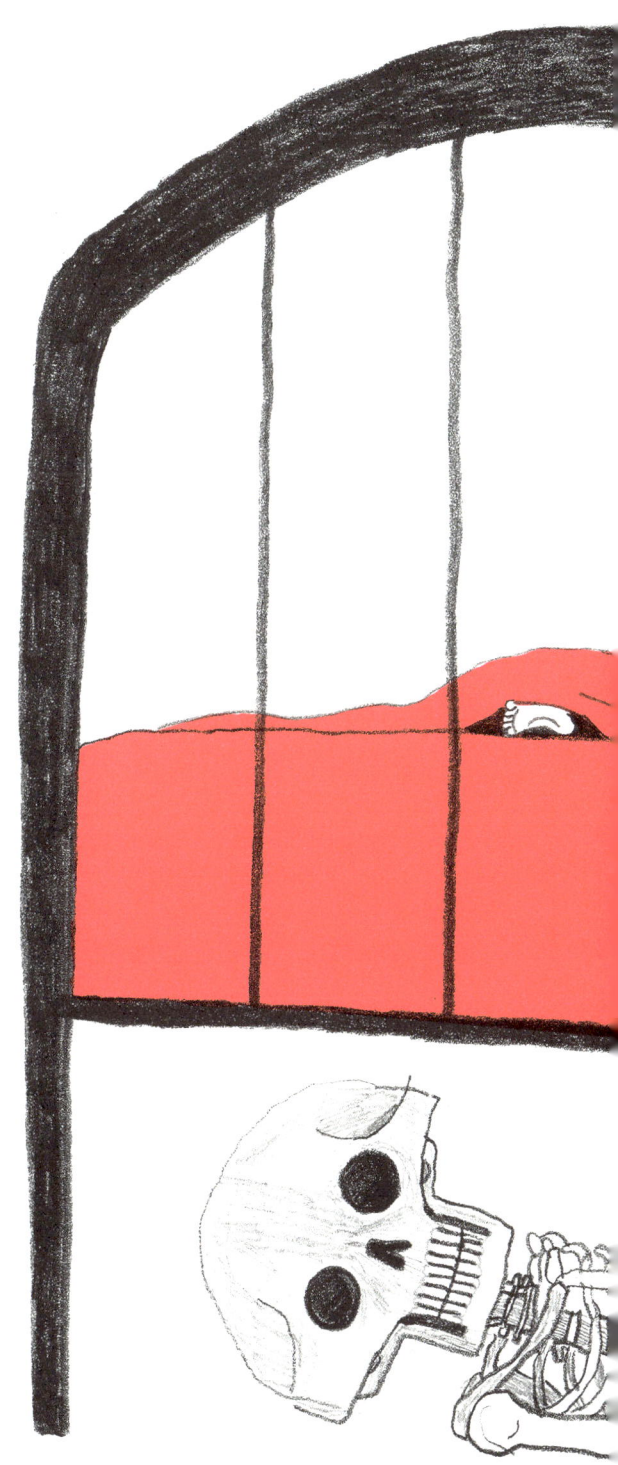

달팽이를 구하다

어느 여름날, 비가 그치고 나니 길에 달팽이들이 많이 나와 있었어요. 할아버지도 할머니도 아이들도 혹시 달팽이를 밟을까 봐 조심조심 다녔어요.

"달팽이도 달팽이만의 삶이 있는겨."

할머니가 말했어요. 남자아이와 여자아이는 달팽이를 조심스럽게 주워서 사람들의 발길이 닿기 어려운 곳으로 옮겨 주려고 했어요. 그런데 달팽이를 어디로 옮겨야 가장 안전할까요? 달팽이 한 마리가 벌써 숨을 곳을 찾았네요. 그 달팽이는 요한의 윤기 나는 뼈를 타고 위쪽으로 기어오르기 시작했어요.

아이들은 다른 달팽이도 가져다가 요한의 몸 위에 올려놓았어요. 요한의 몸에 작은 갈색 뽀루지들이 느릿느릿 기어다니는 것 같았지요. 그런데 여기도 그렇게 안전하지는 않았어요. 숲에서 커다란 어치가 날아오더니 달팽이 한 마리를 휙 낚아채서 가 버렸거든요.

할머니의
나쁜 길라잡이

할머니가 숲에서 돌아왔어요. 할머니의 바구니에는 버섯이 겨우 반만 차 있었어요. 그 모습을 본 할아버지는 너무 놀라 눈이 휘둥그레졌어요. 할머니가 평소와는 다른 모습으로 돌아왔기 때문이에요.

"나쁜 길라잡이를 만났지 뭐유."

할머니가 요한 옆에 서 있는 할아버지를 보고 말했어요. 할아버지와 요한은 알겠다는 듯 고개를 끄덕였어요. 맞아요. 숲에서는 어떤 일이든 일어날 수 있거든요. 나쁜 길라잡이가 와서 집이 어디에 있는지 모를 정도로 헷갈리게 할 수도 있어요. 할머니는 심장이 밖으로 튀어나올 것 같고, 다리에 힘이 빠지고 머리도 안 굴러가는 것처럼 느껴졌어요.

"나무들은 그대로 그 자리에 있습디다."

할머니가 이야기했어요.

"하나둘씩 안아 보다가 나무 그루터기에 앉아 조금 쉬었지유."

할머니는 그루터기에 앉아 바구니에 있는 버섯을 바라보고 있노라니 정신이 다시 돌아오고 가슴도 다시 정상적으로 뛰기 시작했대요. 그제야 할머니는 그루터기에서 일어나 곧장 집으로 달려왔어요.

할머니는 요한 품에 놓았던 바구니에서 버섯을 꺼내고, 할아버지는 감자 껍질을 벗겼어요. 감자에 버섯 소스를 뿌려 먹던 할아버지 할머니는 나쁜 길라잡이 생각이 나서 자꾸 키득키득 웃었어요. 요한은 나쁜 길라잡이 따위는 신경 쓰지 말자고 마음먹었어요.

눈사람이 되다

할머니는 겨울이 오면 항상 눈사람을 만들었어요. 옛날에는 겨울이면 으레 사람 모양만 만들었는데, 이젠 지겨워져서 해마다 새로운 주인공을 생각해 냈지요. 지지난해에는 용을, 지난해에는 개를 만들었어요. 올해는 원숭이를 만들 거예요.

할머니가 생각하기에 원숭이는 팔과 꼬리가 긴 동물이에요. 그러다 보니 만들기가 쉽지 않았어요. 겨우겨우 원숭이 몸에 팔과 꼬리를 만들어 붙였지만 아무래도 팔다리를 짧게 만드는 게 더 편하겠다는 생각이 들었어요. 할머니는 저 앞에서 썰매 타는 아이들을 따라다니는 요한을 발견했어요.

"요한아, 나 눈사람 만드는 것 좀 도와주지 않으련?"

할머니가 물었어요. 물론 요한은 언제라도 도와줄 준비가 되었다는 표정을 지었어요.

　할머니는 원숭이를 처음부터 다시 만들기 시작했어요. 요한을 지지대로 삼아서 구석구석 눈을 발라 줬어요. 멋진 원숭이가 만들어지자 할아버지는 사진기를 가지러 방에 들어갔어요. 정작 원숭이 속에 들어가 앉아 있는 요한은 자기가 얼마나 멋진지 보지 못하니까요.

　요한은 눈 원숭이 속에서 며칠을 지냈어요. 요한이 아니었으면 이렇게 듣도 보도 못한 새로운 원숭이는 세상에 나오지 못했겠지요. 그 생각을 하면 스스로 대견스러워서 지루한 것쯤은 문제없이 참아 낼 수 있었어요. 나중에 밖으로 나왔을 때 할아버지가 사진을 보여 줄 것을 생각하니 벌써부터 기대가 되었어요.

　다행히 날씨가 다시 따뜻해져서 원숭이는 해골 위에서 녹아내렸고 마침내 맑은 하늘이 펼쳐졌어요. 할아버지는 요한이 그 속에서 나오자마자 사진을 들고 요한에게 뛰어왔어요.

호수의 노래를 듣다

"호수가 노래를 부르는구나."

할아버지가 3월의 어느 아침 숲길을 따라 걸으면서 흥분한 듯 말했어요. 호수가 노래를 부르려면 얼음은 얇고 바람은 거세야 한대요. 바람이 얼음을 가르고, 호수에 있는 얼음 조각을 자기 맘대로 흔들어 대는 거에요. 얼음 조각이 물속에서 춤을 추기 시작하고 은은한 크리스털처럼 서로의 몸을 부딪히며 달그락거리거든요. 이게 바로 호수의 노래예요. 무척 아름답고 섬세하고 특별하지요.

할머니와 할아버지도 호수가 부르는 노래를 자주 들을 수 없다는 걸 잘 알고 있었어요. 바람이 잠잠해지면 노래도 끝이 나지요. 수프를 먹는 아이들을 불러다 밖으로 나가자며 옷을 찾아 주려는데 추워서 손이 좀 떨렸어요. 식구들 모두 호숫가에 가려고 집을 나섰지요.

"요한은요?"

아이들이 물었어요.

할아버지는 부엌으로 가서 요한을 가슴에 안았어요. 얼음으로 덮여 있는 봄철의 호수에 요한을 데려가기가 무척 어렵다는 건 할아버지도 잘 알지요. 남자아이가 요한에게 아주 튼튼한 썰매를 가져다주었어요. 할아버지는 요한을 썰매에 앉히고 떨어지지 않도록 줄로 잘 묶었지요. 과연 제시간에 도착할지 할아버지는 약간 걱정이 되었어요.

개와 고양이도 이미 갈 채비를 끝내고, 마음 졸이며 출발하기만을 기다렸어요. 할아버지 할머니는 호수 근처에 도착하자 아이들에게 호수의 노래를 듣고 싶다면 그만 떠들라고 말했어요. 아이들은 조용히 앉았지요. 마

침내 모두 가만히 앉아 성당에서 미사를 보듯 조용히 귀를 기울였어요.

바람이 잔잔해지자 호수의 아름다운 노래도 끝이 나고 모두 집으로 돌아왔어요. 아이들은 아직까지 말이 없었어요. 썰매에 앉은 요한은 자기를 같이 데려다준 것이 아주 고마웠어요.

"어디 다녀오시는가 봐유?"

이상한 썰매가 마당에 들어오자 집에 놀러 온 이웃집 여자가 물었어요.

"성당 갔다 오는 길이유."

할아버지가 대답했어요.

사우나와 눈 천사

할아버지와 할머니 집에서 좀 떨어진 연못가에 사우나가 있었어요. 굴뚝이 없어서 연기 사우나라고 불렀어요. 적어도 아이들이 알기로는 그랬어요. 아이들은 할머니가 아침에 "얘들아, 사우나 가자꾸나."라고 말씀하실 날을 늘 기다렸어요.

할아버지는 가장 먼저 요한을 데려갔어요. 불을 때는 장작 무더기 옆 정원에서 쓰는 의자 위에다 요한을 앉혔어요. 요한은 사우나 근처에서 사람들이 야단법석 떠는 모습을 구경하기 좋아하거든요. 할아버지가 사우나에 물을 길어 오면 아이들은 나무 나르는 일을 도왔지요. 그렇게 사우나에 불을 때고 안에 연기가 가득해지면 물을 붓기 시작했어요. 연기가 줄어들면 할아버지가 장작을 더 집어넣었어요. 오늘은 할머니도 아이들도 사우나에서 멀리 떨어져 있고 싶지 않았어요. 날씨는 춥지만, 사우나 장작불 옆에서 점심을 먹고 싶어서 그런 거예요. 이제 나무는 더 넣지 않아도 돼요.

연기가 사라지고 두어 시간 뒤쯤 사우나에 손님들을 들일 준비가 다

되었어요. 모두 현관에서 옷을 벗고 사우나에 들어갔어요. 뜨거운 돌에 물을 붓고, 증기를 쐬기 시작했지요. 할아버지는 증기를 쐬고, 아이들은 찰랑찰랑 물을 부으며 놀았어요.

할머니는 사우나 안에 있으니 너무 좋았어요. 보통은 스카프 안으로 둥글게 말아 올렸던 예쁜 회색 머리를 등까지 풀어 내렸어요. 아이들은 요한도 사우나에 같이 들어오게 해 달라고 또 졸랐어요. 요한도 옷을 잘 벗어서 현관에 놔두어야 했지요. 할아버지가 물었어요.

"몸은 이제 좀 뜨거워졌누?"

물론 그렇고말고요. 아이들은 밖으로 뛰어나가 눈 천사를 만들었어요. 요한은 할아버지의 도움이 조금 필요했어요. 할아버지가 도와주셔서 그런지 요한의 눈 천사가 가장 멋지게 그려졌어요.

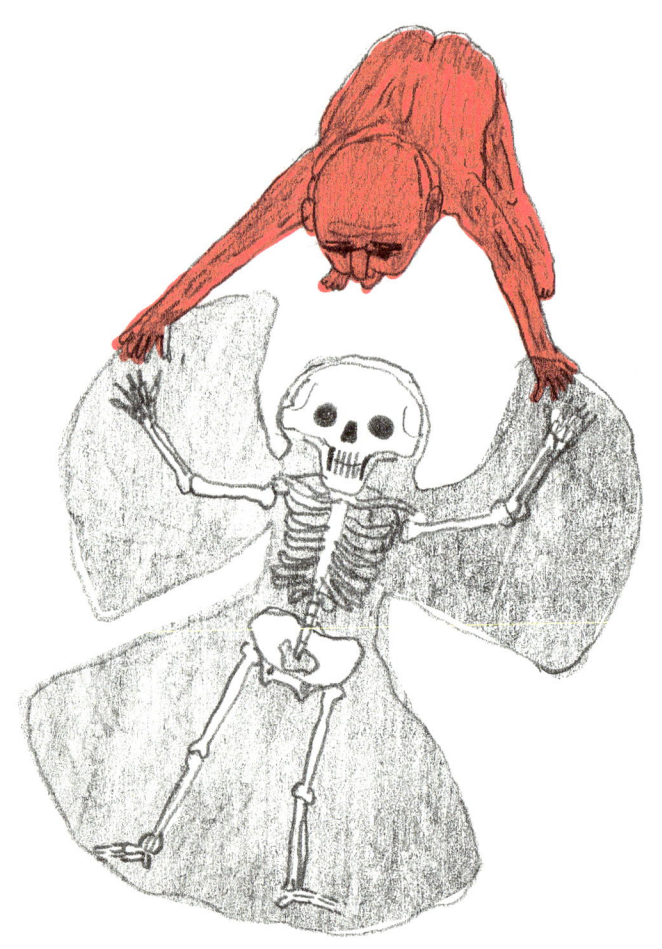

해골 요한, 유명해지다

할아버지와 할머니 친구 중에 젊은 예술가가 한 명 있었어요. 집에 놀러 온 그 예술가 친구는 귀가 번쩍 뜨일 만한 계획을 말해 주었어요. 요한을 큰 도시에서 열리는 전시회에 데리고 가서 사람들에게 보여 주고 싶다는 거예요. 그 전시회는 과거는 현재에 어떻게 영향을 미치는가라는 주제로 열린대요. 예술가 아저씨는 때때로 지난 시간이 옷장 속 해골처럼 남겨져 있다는 것을 표현하고 싶대요. 요한이 할 일은 옷장 속에 들어가 앉아만 있으면 돼요. 전시회에 온 관람객들이 옷장 속을 들여다볼 테니 요한은 혼자 있을 수가 없을 거래요.

요한이 몇 달이나 집을 떠나 있을 거라고 생각하니 할아버지 할머니는 걱정이 앞섰어요. 그래도 요한이 모험을 좋아하니까 할아버지와 할머니는 예술가 친구에게 데려가도 좋다고 허락해 주었어요. 요한은 태어나서 두 번째로 자동차를 타게 되었어요. 요한은 다시 한번 멋지게 앞좌석에 안전띠를 매고 앉았지요. 집을 떠나 긴 여행을 즐길 거예요.

관람객들의 호기심은 점점 커졌어요. 할아버지의 친구인 예술가 아저씨가 전시물을 망가뜨리는 사람은 없는지 계속 감시하는 지킴이가 있을 거라고 말해 주었어요. 그래서 요한은 아무것도 겁나지 않았어요.

두 달 후 집에 돌아오니 너무 행복했어요. 여행은 정말 즐거웠고, 전시회 기간 내내 지낸 옷장은 아주 편했어요. 가장 좋았던 순간은 할아버지와 할머니가 손주들이랑 친구들을 데리고 전시장에 오셨을 때예요. 요한을 딱 보고 한눈에 알아보셨지요.

그런데 옷장에 들어앉아 있으니 할아버지와 할머니, 그리고 바깥 부엌에 있는 안락의자가 몹시 그리워졌어요. 어쨌든 요한은 이미 은퇴했고, 아무리 젊고 튼튼한 해골이라도 전시장에서 해골 모형으로 일하는 것은 몹시 피곤하거든요.

예술가 아저씨는 전시회 관련 기사가 난 신문을 가지고 와서 할아버지 할머니에게 보여 주었어요. 그 기사에는 옷장 속에 앉아 있는 요한 사진이 찍혀 있었지요. 할아버지는 그 기사를 사진이 잘 나오게끔 액자에 넣어서 요한이 앉는 안락의자 가까운 벽에 걸어 주었어요.

요한과 할아버지는 끝까지 함께

"우리가 앞으로 볼 날이 얼마나 남았는지 모르겠네그려. 인생은 금세 훅 지나갔고 건강도 예전 같지 않고 말이여."

할아버지는 손님들을 배웅하면서 이런 말을 건넸어요. 손님들이 다 떠나자 할머니가 말했어요.

"관 속에 가져가고 싶은 거 없어유? 요한은 어때유?"

할머니는 요한과 할아버지가 서로를 꼭 끌어안고 관에 들어가 있는 모습을 친척들과 친구들이 보면 얼마나 부끄러울지 생각만 해도 쥐구멍에 숨고 싶었어요. 또 한편으로는 참 재미있겠다 싶었지요.

몇백 년 뒤에 인류학자들이 서로 끌어안은 뼈 두 구를 발견해서 연구하고 구멍을 뚫기도 하면서 과학 논문을 쓰겠지요. 할아버지는 먼 훗날을 상상해 보며 함박웃음을 지었어요. 할아버지와 할머니는 마주 보며 작은 소리로 키득키득 웃었어요. 왜 이렇게 되었는지 아무에게도 말 안 해 줄 계획이거든요.

　할머니는 주정뱅이들도 보드카 병이랑 같이 묻어 주는데 오래된 친구 사이인 할아버지와 요한이 같이 묻히지 말라는 법은 없을 것 같았어요. 어쨌든 살아 있는 할머니나 자식이나 손주들을 할아버지랑 같이 묻을 수는 없잖아요. 요한은 해골이니까 괜찮아요. 요한은 언제나 할아버지와 죽이 잘 맞았지요. 요한은 할머니가 걱정하지 않게 장례식 날에는 관 속에서 할아버지 옆에 예의 바르게 누워 있겠다는 다짐을 표정으로 보여 주었어요.

참피나무
꽃잎차를 마시다

그런데 이른 봄, 날씨가 풀릴 무렵 막상 할머니가 먼저 세상을 떠났어요. 할아버지는 이 세상 사람인 장례식 손님이나 저세상으로 간 할머니, 그 누구도 실망하지 않도록 최선을 다했어요. 끝없이 계속 나올 것 같던 고깃국, 과자, 감자, 배추, 소스, 크링글 빵(바삭바삭한 페이스트리의 일종)과 커피가 다 떨어지고 문상객도 다 가 버리자 할아버지는 슬픔에 잠겼어요. 할아버지는 오두막 부엌에 앉아 있는 요한 옆으로 가서 장례식이 어땠는지 들려주었어요.

오랜 시간이 지나자 슬픔은 차츰차츰 엷어졌어요. 할아버지는 이제 바깥 부엌에서 일하기가 싫어졌어요. 할아버지는 있는 힘을 다해서 요한을 방으로 옮겼어요.

할아버지는 참피나무(피나뭇과의 낙엽 활엽 교목. 나무 몸통은 가구재, 나무

껍질은 섬유재, 어린 꽃봉오리는 말려서 차로 쓴다.) 꽃이 피는 것을 보았어요. 그 꽃을 꺾어다 주던 할머니가 이 세상에 없으니 이제는 직접 해야겠다고 생각했지요. 참피나무 꽃을 많이 따 온 할아버지는 아궁이 위에 올려놓고 잘 말렸어요. 주전자에 꽃을 가득 넣고 차를 끓였어요. 그러고는 요한과 같이 마시려고 바깥 부엌으로 갔지요. 할머니와 같이 있을 때처럼 차는 맛있었어요.

"참피나무 꽃잎차로구나."

할아버지의 이 말은 마치 마법의 주문처럼 들렸어요. 그런 단어가 존재하는 한 그리고 누군가 그 말을 할 수 있다면 세상 모든 일이 괜찮을 것 같았어요.

"참피나무 꽃잎차예요."

요한도 거들었어요.

"참피나무 꽃잎차구려."

아무 기척도 없이 요한의 무릎 위에 앉은 할머니가 가만가만 말했어요. 이 세상에 있는 사람들은 하늘로 떠난 사람을 눈으로 볼 수 없대요. 만약에 저세상 사람들이 이곳에 왔을 때 다른 사람들이 알아차리면 그건 정말 운이 좋은 거래요. 할머니는 운이 좋았어요. 할아버지는 할머니와 요한을 안고 서로 마법의 언어로 이야기를 나누었어요.

할아버지는 숨을 크게 쉬고 방으로 가서 찻잔에 차를 가득 따랐어요. 할아버지는 할머니에게 방으로 들어오라며 손짓했어요. 다음 날 손주들이 찾아왔지만, 할아버지는 할머니가 왔었다는 말은 안 했어요. 손주들이 할머니를 아주 사랑한다면 말 안 해도 금방 알아볼 테니까요.

요한과 할아버지가 새로운 세상을 만들다

할머니는 가끔씩 요한과 할아버지를 보러 왔어요. 어느 날 저녁, 할아버지는 양동이에 가득 찬 쓰레기를 버리러 나가야 하는데 다리가 아파서 나갈 수가 없었어요. 참피나무 꽃잎차를 마시던 할아버지는 자기 때문에 슬퍼 보이는 할머니를 위로해 주고 싶었어요.

"할멈, 왜 그랴. 다음에 버리면 되지. 오늘만 날이 아니랑께……."

할머니는 그래도 한숨을 쉬며 말했어요.

"다음이 없을 수도 있잖아유."

만약 오늘 밤 세상이 끝난다면 쓰레기가 담긴 양동이만 집에 덩그러니 남아 있을까 봐 걱정하는 거예요.

'나도 여기 남겨질 거예요.'

요한은 식탁에 할아버지와 마주 앉아 이렇게 생각했어요. 할아버지는 요한의 생각을 알아듣고는 세상이 끝날 때까지 자기는 그냥 잠이나 자 버리겠다고 했어요. 어쨌든 새로운 삶은 다시 앞을 향해 나아갈 거예요. 나이 든 할아버지도, 해골 요한도, 버리지 못한 양동이 속 쓰레기도 새로운 삶을 시작하지 못할 이유가 없지요. 쓰레기 양동이는 어쩌면 새로운 세상에서는 쓸모 있는 좋은 재료가 될지도 몰라요.

할머니는 이제 할아버지 옆에 앉아서 양동이 속 쓰레기가 내일까지 기다린다고 한들 뭔 문제가 되겠느냐며 다독거려 줬어요. 어쨌든 정말로 그날이 오면 할머니가 새로운 세상에서 이들을 맞이할 거예요. 말할 것도 없이 언젠가는 다른 방에서 곤히 잠든 손주들도 함께 데려가겠지요.

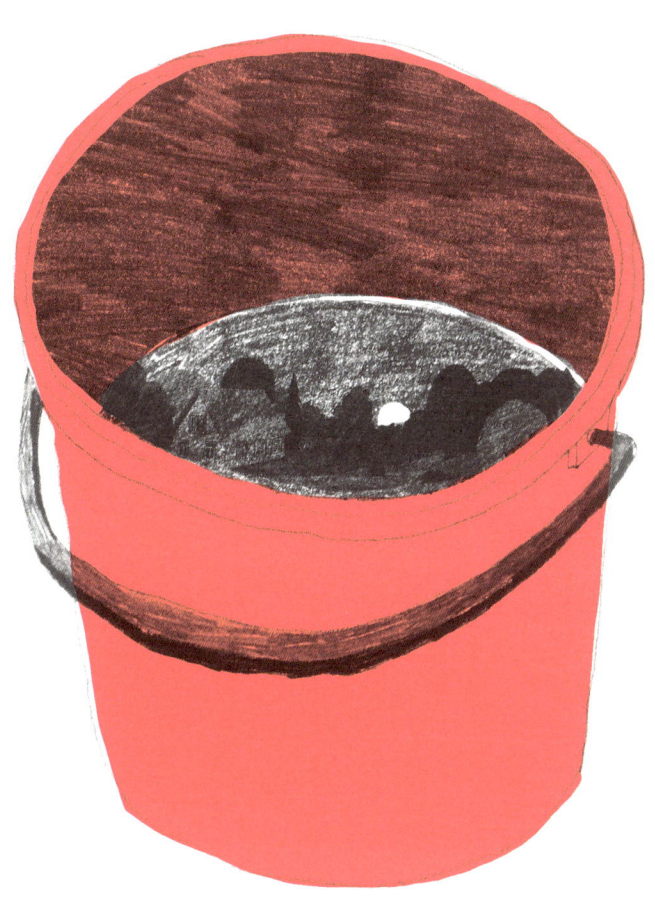

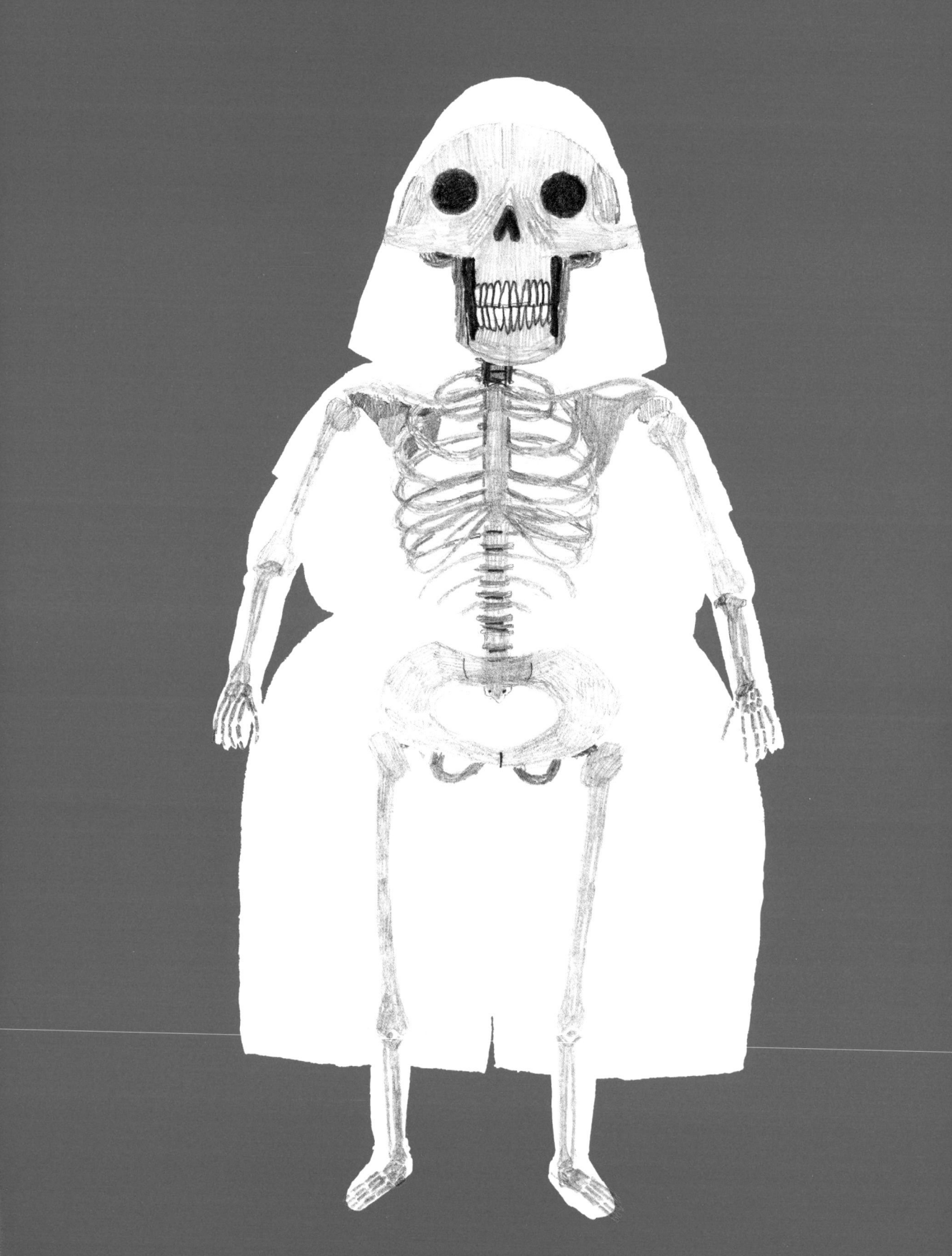